ŒUVRES POSTHUMES DE J. LAFON-LABATUT

LA
FEMME DU DIABLE

PAR

Joseph LAFON-LABATUT

Lauréat de l'Institut

AVEC UNE

Préface par JULES CLARETIE

ET UNE

Notice biographique par GABRIEL LAFON

PÉRIGUEUX

IMPRIMERIE CHARLES RASTOUIL, RUE TAILLEFER, 31

1878.

LA FEMME DU DIABLE.

J. LAFON-LABATUT.

LA

FEMME DU DIABLE

LÉGENDE PÉRIGORDINE

PRÉCÉDÉE D'UNE

Préface par JULES CLARETIE

ET D'UNE

NOTICE BIOGRAPHIQUE PAR GABRIEL LAFON

PÉRIGUEUX

IMPRIMERIE CHARLES RASTOUIL, RUE TAILLEFER, 31

1878.

PREFACE

Dans un des volumes posthumes de Mme Sand, il est souvent question de ces poètes populaires qui ont chanté loin du bruit de Paris, et que leur province a adoptés avec une sorte d'entraînement plein de re-connaissance. Rouen, Nevers, Agen, Nîmes, Toulon, bien d'autres villes encore, ont eu leur poète local, et les noms de Reboul, de Jasmin, de Poncy, l'auteur du *Chantier*, de Magu, etc., ne sont plus à louer au-jourd'hui. La critique serait plutôt tenue de signaler à l'attention leurs successeurs, car la veine de la poésie provinciale et populaire est loin d'être tarie. « Chaque année, disait George Sand en 1844, ajoute « à la liste de nouveaux noms. — Et, continuait l'au-« teur des *Lettres d'un Voyageur*, ces poètes trouvent « sur le sol natal leur succès et leur récompense. Ils

1*

« y trouvent aussi leur inspiration ; et comme la pro-
« vince ne leur est point ingrate, ils ne sont pas in-
« grats envers elle ; ils lui versent le charme de leur
« poésie. » C'est bien là ce que fit l'homme d'un talent véritable, dont M. Gabriel Lafon, avocat au
Bugue, publie aujourd'hui cette légende périgourdine, la *Femme du Diable*.

Joseph Lafon-Labatut est et restera le poète de notre Périgord comme le chantre de la *Mignounetto*
(c'était ainsi que le coiffeur Jasmin surnommait
Mme Jasmin) demeure le poète de l'Agenais. Jasmin
d'Agen, Roumanille d'Avignon, Peyrolles de Clermont
l'Hérault, sont justement célèbres pour leurs poésies
patoises. Lafon-Labatut méritait de le devenir pour
ses poésies françaises. Il aura eu, en effet, cette gloire
et cette raison — d'être obstinément fidèle à la France,
à sa tradition, à son langage, tout en adorant son
cher pays, sa saine et virile province. La petite patrie ne lui faisait pas oublier la grande. On essaie, à
cette heure, d'un mouvement ardent de décentralisa-
tion littéraire. Chaque partie de la nation semble
vouloir affirmer un individualisme spécial, un parti-
cularisme absolu. Les Normands fêtent la *Pomme*,
les méridionaux la *Cigale*. Il est question, dans cer-
tains écrits, d'une *grande et noble captive* qui ne
serait autre que la Provence, si méchamment tenue
à la gorge par la France, qu'on traite en marâtre

et non en mère dans ce camp spécial. On remonte, pour protester contre le Français, jusqu'aux horribles guerres des Albigeois, comme les Allemands dont parle Henri Heine remontaient jusqu'au meurtre de Conradin. Ce serait là un symptôme et un spectacle également navrants si l'unité française pouvait être entamée par l'amour-propre de quelques félibres, avides de se séparer pour se distinguer. Mais, fort heureusement, au pays provençal même, des patriotes de talent réagissent contre la prétention de ces adeptes trop fervents de Frédéric Mistral. On peut lire les écrits de la *Laueto* (l'Alouette provençale) : l'idée vitale de la patrie française plane au-dessus du filial amour qu'ont ces latins pour leur Languedoc.

Ce qui me plaît dans l'art et la vie de Lafon-Labatut, c'est que ce poète des *Insomnies et Regrets*, qui se plaisait aussi à rimer des chansons dans notre patois du Périgord, a toujours été fidèle à la patrie et ne se vantait point d'être Périgourdin avant d'être Français, comme l'auteur de *Mireille* se proclamerait peut-être avant tout poète provençal.

Il est resté uni à mes premiers souvenirs d'enfance, ce Joseph Lafon-Labatut, dont M. Gabriel Lafon raconte si bien l'existence et avec une éloquence si pénétrante et si simple. Je me vois encore à Ratevoul, près de Saint-Alvère, interrogeant les vieux livres de la bibliothèque de mon grand'père. Parmi les livres

aux reliures d'autrefois, à côté du Corneille tant de
fois feuilleté, des *Incas* de Marmontel ou du *Fœneste*
de d'Aubigné, qui fut un des premiers romans lus par
moi, il y avait, traînant çà et là, les pièces de théâtre
de mon grand'oncle Pélissier, l'auteur de la *Dame
du Louvre*, qu'il donna à la Gaîté, en 1832, sous son
pseudonyme de *Laqueyrie*, et d'un fort beau drame
en vers joué à l'Odéon par Frédérick-Lemaître,
Ligier et Lockroy, *Médicis et Machiavel*, et qu'il
signa de son nom. Je dévorais curieusement ces
pièces autrefois applaudies, ces tragédies maintenant
oubliées.

Dans *Nelly ou la Fille bannie* (un de ses mé-
lodrames signés *Laqueyrie*), je m'amusais à voir
que l'auteur avait donné à un de ses personnages le
nom de son beau-frère, mon grand-père, qu'il avait
arrangé à l'anglaise : *sir Clarthy*. C'était Francisque
l'aîné qui représentait ce personnage à la Gaîté, en
1827. Et pour moi, rien n'était plus curieux que cette
pièce, où « l'honnête Clarthy » passait — persécuté
par « le cruel Botwel, » qui s'écriait à la fin (ce sont,
s'il m'en souvient, les derniers mots de la pièce) : — *Je
fus bien injuste! bien cruel!..... Clarthy, mon
fils, je te confie le bonheur de Nelly!* » Comme
ces aventures m'ont fait rêver !

Et parmi ces volumes de Ratevoul, il y avait un
exemplaire doré sur tranche, gaufré, superbe, des

Insomnies et Regrets de Labatut. Je lisais ces vers.
On me contait la destinée du poète, mon parent, mon
cousin à un degré éloigné ; je n'en sais pas de plus
douloureuse et de plus noblement supportée.

Cent fois plus malheureux que Chatterton ou Es-
cousse, Lafon-Labatut, aveugle, condamné à l'éter-
nelle nuit, eût pu désespérer et mourir. Il n'avait pas
assez de maladif orgueil pour finir par le suicide.
Non, il peupla de visions ses ténèbres; il calma ses
fièvres par des chants, et on put dire de lui comme de
Démodocus : « La Muse qui l'aima lui dispensa le bien
« et le mal; elle le priva des yeux, mais elle lui
« donna une voix mélodieuse. »

L'unique volume de vers que, de son vivant, publia
le poète — ce volume que j'emportais et lisais sous
les figuiers du jardin — avait paru chez Furne avec
ce titre : *Insomnies et Regrets,* une préface de Pélissier et une lithographie de Sudre, l'ancien profes-
seur de dessin de l'aveugle, d'après une étude de
Henri Lehmann. La belle tête de Lafon-Labatut, avec
ses longs cheveux divisés sur le milieu de la tête et
retombant en masses puissantes sur son col, le visage
maigre et régulier, enveloppé d'un collier de barbe, et
ces yeux fixes, sans regard, atones, donnait vraiment
l'idée de la souffrance et d'une souffrance plus profonde et plus inévitable que celle des Malfilâtre, des
Gilbert et des Hégésippe Moreau.

Aussi, comme cette poésie me plaisait et m'atten-
drissait, moi, enfant de douze ans ! Ces vers de Lafon-
Labatut paraîtraient bien incolores maintenant aux
poètes de l'école nouvelle, qui tordent et frappent le
vers comme le forgeron la barre de fer rouge sur
l'enclume. Mais il y a dans ces poésies de l'aveugle
ce qui manque trop souvent à ces nouveaux-venus,
aux versificateurs mieux doués, sous le rapport mé-
canique en quelque sorte : il y a la profondeur du
sentiment et la sincérité de l'émotion.

Sainte-Beuve, étant délicat, se montrait volontiers
difficile. Et pourtant il a loué le naturel et la simplicité
de ces vers. Il s'est fait l'introducteur du poète. Il a
dit aux lecteurs de la *Revue des Deux-Mondes* (1) :
« Écoutez ! » M. J. Troubat n'a réuni qu'une partie de
cet article sur Lafon-Labatut dans le tome III des *Premiers Lundis*, et j'imprimerai ici les lignes omises, le
feuillet oublié, du grand critique : « Après de tels ac-
« cents de vérité, disait Sainte-Beuve qui donnait à ses
« lecteurs une lettre touchante de Lafon-Labatut, on
« n'a plus qu'à citer quelques pièces... Nous en pour-
« rions trouver d'un ton plus élevé, mais inégales ;
« nous aimons mieux en choisir de toutes simples, de
« naturelles, et faites, ce nous semble, pour toucher.

_____

(1) 1er décembre 1845.

« Elles sont beaucoup plus pures d'expression que
« l'auteur ne paraît le croire; elles montrent combien,
« chez lui, le travail intérieur est possible, et qu'il
« n'a, pour se perfectionner, qu'à se faire lire de bons
« modèles (ils ne sont pas si nombreux), et à ne pas
« forcer sa voix, à la régler toujours sur le sentiment
« dont il est pénétré. » Et Sainte-Beuve citait à la
suite les pièces qui ont pour titre *Une Douleur* et
l'*Oiseau Inconnu*, en avertissant le public qu'il
n'avait pas, devant ce nouveau-venu, à faire l'*inat-
tentif* et le *dédaigneux*.

On ne dédaignait point, d'ailleurs, les poésies de
Labatut, et, à cette heure même, M. de Pongerville,
le traducteur de *Lucrèce*, publiait dans le *Musée des
Familles* tout un petit roman, l'*Aveugle du Périgord*, qu'illustrait au crayon le peintre Biard, alors
si fort à la mode. Je rappelle ces menus souvenirs
comme de petites curiosités littéraires. M. Gabriel
Lafon, qui nous promet un autre volume posthume
de Lafon-Labatut, les *Derniers Tâtonnements*,
réimprimera peut-être aussi les premiers *Regrets*.
Ce qui est certain, c'est que ce volume est introuva-
ble, et qu'on peut le regarder comme une rareté
bibliographique.

Çà et là, dans ce recueil nécessairement assombri,
de singuliers coups de lumière éclatent, lorsque, par
exemple, le malheureux poète essaie de rendre les

visions d'autrefois, celles de son enfance torturée déjà
comme sa vie :

> Vague panorama de marbre et de couleurs,
> De madones au bout de longs chemins en fleurs ;
>   Un horizon qu'au loin dessine
> Une mer où se joue un fidèle soleil ;
> Serait-ce mon berceau? Tout s'efface. Au réveil,
>   Ma langue murmurait : Messine !

Et après Messine, c'est le Bugue, le pays paternel,
la petite ville périgourdine où le poète a trouvé un
abri ; le cercle de coteaux qui défend le vallon, et les
vergers et les épis, et les rochers gris du Cingle, et la
Vézère qui coule, oblique, au pied des vignes :

> La Vézère fuyant entre ses bords fleuris
> Au lit de la Dordogne, où le beau fleuve épris
>   Étreint sa blanche fiancée.

De tels paysages aussi me rappellent le passé, les
arrivées à Périgueux le matin, la diligence du Bugue, les bois de Ratevoul, le clocher de Saint-Alvère,
la silhouette sévère de Limeuil, là haut perchée comme
une ville espagnole. Comme au moindre écho, les souvenirs d'autrefois s'éveillent dans l'horizon aimé du
terroir natal !

Labatut a rencontré ses poèmes les plus virils dans
la terre qu'il a foulée. L'*Alma parens* sera toujours
la grande inspiratrice; Le poète des *Odes et Poèmes*,

M. Victor de Laprade, ce fils des Alpes, ce chantre des chênes si heureusement séduit pourtant par la muse hellénique, l'a dit en des vers admirables :

> J'emprunterai ma force aux forces maternelles;
> Nature, ouvre tes bras à ton fils épuisé;
> Laisse ma bouche atteindre à tes fortes mamelles :
> Jamais l'homme à ton sein n'a vainement puisé.

Le volume d'*Insomnies et Regrets* avait valu à Lafon-Labatut un prix de l'Académie décerné grâce aux démarches de Ponsard. Le poète possédait aussi une petite rente qui lui suffisait. Il vivait et vieillissait au-dessus du Bugue, sur le coteau, dans une maisonnette entourée de vignobles, et de là, chaque matin, à travers les vignes, sans guide, il descendait à la ville, et, de maison en maison, se dirigeait seul chez ses amis du Bugue. Après avoir eu une enfance sans joie, une jeunesse sans regard, il s'était fait ainsi une vieillesse sans amertume. Parfois même, il s'égayait, et, comme l'abbé Foucaud l'avait fait en Limousin, Lafon-Labatut rimait aussi des chansons en patois. Et les années fuyaient. *Labuntur anni.* Les ans s'écoulent... ou s'écroulent. La mort venait. M. Edgar La Selve, dans une étude touchante sur le poète, a raconté comment, dans une dernière entrevue, Lafon-Labatut lui dit, avec une amertume pourtant résignée : « Ah ! vous voilà ! C'est fini ! Je me meurs ! je me meurs !

Il était aveugle depuis l'âge de quatorze ans, et il est mort dans un âge avancé, sans avoir jamais désespéré, sans avoir maudit la destinée, heureux et consolé lorsqu'il pouvait chanter. « La voix me reste ! » disait André Chénier se comparant à la cigale. Et Lafon-Labatut pouvait, à son tour, s'écrier : « C'est assez, il me reste la chanson ou la plainte que je jette aux vignes ou aux figuiers du Bugue. »

On a fait grand bruit autour du nom de Jean Reboul, et Nîmes lui a même élevé une statue où la passion politique a bien autant fourni de matière que l'admiration littéraire. Lafon-Labatut ne mérite pas une statue sur la place publique, mais une statuette dans un coin du logis de ses amis.

On pourra graver sur le socle le titre du curieux morceau que nous donne aujourd'hui M. G. Lafon. C'est un tour de force littéraire que ce long poème, d'une originalité évidente et d'une charmante naïveté, où le même refrain revient après tous les sixains sans nulle monotonie, — au contraire, — et pareil à une sorte de coup de cloche tantôt ironique comme la fin d'une chanson narquoise, tantôt presque effrayant comme l'écho d'une vieille ballade : un vrai conte périgourdin entendu sous la cheminée pendant qu'on fait blanchir les châtaignes sur le feu et qu'on égrène les jaunes *panouilles* du blé d'Espagne.

Lafon-Labatut a victorieusement tenu cette gageure de trouver des rimes nouvelles à ces doux vers volontairement inévitables :

> « Si le diable n'était pas beau,
> « Il n'eût jamais tenté personne! »

Aussi bien, fort amusante, comme récit, cette légende de la *Femme du Diable* est-elle encore tout-à-fait intéressante et attirante au point de vue de la langue, d'une langue riche et savoureuse comme les raisins dorés de nos vignes, une langue gaillarde et bien portante qui me fait ajouter, en finissant, un nouvel éloge pour Lafon-Labatut, et le plus précieux peut-être.

Je le louais tout à l'heure d'être très-Français en étant bon Périgourdin. Après avoir lu la *Femme du Diable*, je dirai que, dans ce curieux petit poème, le mélancolique songeur des *Insomnies* montre qu'il a dans les veines du sang pur de la vieille Gaule. — Grande et rare vertu pour un écrivain d'avoir pour aïeux Montaigne, Rabelais, Mathurin Régnier, tous ces gens au libre parler, au verbe pittoresque !

C'est le génie gaulois qui fait la puissance de la France et lui communique sa sève éternellement jeune. Et quand on nous parle si souvent de nos origines latines, de la race et des vertus latines, n'oublions pas que nous sommes plus Gaulois encore, plus

Celtes que Latins, et que le premier de nos aïeux, le plus grand peut-être, fut ce Vercingétorix qui lutta contre le César latin et donna sa vie pour ce qu'il avait déjà appelé, lui, l'ancêtre : — l'*Unité de la Patrie!*

JULES CLARETIE.

Paris. Août 1878.

NOTICE BIOGRAPHIQUE

J. LAFON-LABATUT

La muse qui jadis de ses yeux l'a privé,
Cette muse, à la fois et propice et funeste,
A dans tous ses accords mis un charme céleste.
(HOMÈRE, *traduction par* A. BIGNAN.)

L'amitié d'un homme qui restera une des gloires les plus pures du Périgord me fait un devoir de consacrer ces quelques lignes à sa mémoire. Que ne puis-je, en cela, apporter une plume moins inexpérimentée !... J'ai connu un peu tard cette nature d'élite, assez, néanmoins, pour pouvoir apprécier toute la vérité du célèbre aphorisme de Voltaire, et, s'il ne m'a pas été donné de jouir plus longtemps de ce « bienfait des Dieux, » c'est que la mort, la cruelle, vient de me priver d'un maître au moment où ses leçons allaient enfin porter leurs fruits.

Quoi qu'il en soit, me saura-t-on gré, peut-être, d'avoir réuni dans cette notice les principaux événements d'une vie féconde en infortunes et qui fut celle de notre regretté poète Joseph Lafon-Labatut.

2

C'est dans cet espoir et comme un sincère hommage rendu à celui qui n'est plus que j'offre au public ce récit plein d'enseignements, de souvenirs tristes et doux...

Pendant les longues guerres que la France dut soutenir contre l'étranger, vers la fin du premier Empire, Pierre Lafon-Labatut, jeune volontaire, originaire de la petite ville du Bugue, s'était particulièrement distingué sur les champs de bataille. Il venait de gagner ses épaulettes, récompense de sa bravoure, lorsqu'il fut fait prisonnier par les Anglais. Assez heureux pour s'évader, il s'éprit, à Messine, où les événements l'avaient conduit, d'une jeune et belle Sicilienne qu'il épousa. Un enfant, qui reçut le nom de Joseph, naquit de cette union le 18 mai 1809.

Bientôt après, possédé du désir de revoir le pays natal, et sur les instances de M. Pélissier (1), l'un de ses compatriotes et amis d'enfance, Pierre Lafon-Labatut se décide à gagner la France, où il espère trouver secours et protection.

Il s'embarque avec sa femme et son enfant sur un vaisseau anglais.

Le voyage s'annonçait heureux, et rien ne faisait présager le coup terrible qui devait frapper nos fugitifs. .

---

(1) M. Pélissier, homme de lettres distingué, se trouvait alors occupé auprès de M. Raynouard, célèbre académicien, auteur de la tragédie *les Templiers*.

Déjà les côtes d'Espagne apparaissent, se dessinant dans le lointain : on approche de Gibraltar. Mais bientôt la joie fait place à l'épouvante : sur les forts, sur les points culminants du rivage flotte le drapeau noir, la peste vient de se déclarer, et à peine le vaisseau a-t-il relâché que plusieurs passagers sont déjà atteints de cette fatale maladie. La femme de Labatut fut une des victimes du fléau.

Ici se place un événement capital dans la vie du héros de cette notice. Le souvenir de sa mère transportée sur un chariot à l'hôpital des pestiférés resta profondément gravé dans sa mémoire, et souvent, dans ses songes, il revit cette femme si belle lui tendant les bras, tandis que ses grands yeux noirs, que la mort commençait à voiler, se fixaient sur lui avec cette expression de bonté ineffable dont le cœur d'une mère à seul le secret.

Et lui, jeune enfant de cinq ans, se cramponnait au char funèbre. « Je perdis mes souliers dans ma course, racontait-il souvent, et mon père dut m'arracher à ma mère ; le lendemain, il me mena près d'une tombe sur laquelle il jeta des fleurs... Je compris que j'étais orphelin. »

Telle fut la première douleur du jeune Joseph. Ce n'était, hélas ! que le prélude des revers incessants qu'il devait rencontrer dans ce dur chemin de la vie.

Après une longue et périlleuse traversée, nos inté-
ressants voyageurs débarquent à Calais.

L'hiver sévissait alors dans toute sa rigueur, et la
neige couvrait la campagne. Quel contraste entre ce
ciel sombre et froid et celui de la Sicile ! Mais la patrie n'est-elle pas toujours belle ? La seule pensée de
se retrouver sur le sol français faisait tressaillir
d'aise l'ex-prisonnier et lui donnait le courage néces-
saire pour arriver au but de son voyage.

Il se met donc en route avec son jeune enfant, le
portant sur ses épaules quand, vaincu par la fatigue,
ses pieds meurtris se refusent à la marche, réchauf-
fant ses petites mains rouges de froid, séchant ses
larmes par la promesse d'une prochaine arrivée.

Enfin, à neuf heures du soir, par un temps plu-
vieux du mois de janvier, nos voyageurs, ruinés et
exténués de fatigue, arrivent à Passy et viennent
frapper à une maison de belle apparence. C'est la demeure de M. Raynouard, secrétaire perpétuel de
l'Académie française, et de M. Pélissier, l'ami de
Labatut.

Nos pèlerins sont accueillis. On pourvoit aux soins
qu'exige leur état avec cet empressement et cette joie
que mettent les âmes compatissantes à soulager le
malheur.

Quelques jours après, ils reprennent la route du
Bugue, où Labatut, miné par les chagrins, ne tarde

pas à mourir, laissant son fils, parvenu à sa neuvième année, sans secours et à la charge d'une famille pauvre, qui devait bientôt se disperser.

Une bonne veuve, parente éloignée, voulut bien garder l'enfant chez elle ; elle se l'attacha, devint sa seconde mère, et, charmée des dispositions du jeune Sicilien, lui apprit tant bien que mal à lire dans le seul livre qu'elle possédait, les *Fables de Lafontaine.*

Joseph voulut aussi écrire, et comme le savoir de la bonne veuve n'allait pas jusque-là, il dut se passer de guide, se former lui-même une écriture en prenant pour modèle le titre des fables.

Un vieux curé du village, ému de pitié, recueillit l'enfant à son tour, lui enseigna ce qu'il savait lui-même, et, au bout de quelque temps, en fit un parfait enfant de chœur.

Joseph resta quatre ans dans le modeste presbytère du vénérable pasteur, et pendant ces quelques années pleines de calme, de douces rêveries, il goûta ce bonheur sans mélange que procure aux âmes contemplatives le spectacle toujours nouveau de la nature. Le soleil empourprant l'horizon comme un vaste incendie, le papillon tournoyant dans les airs, l'oiseau chantant dans le bocage, la source murmurant sous la verdure, étaient pour lui autant de sujets de méditation.

Un jour, une circonstance insignifiante en apparence vint lui révéler sa vocation. Ce fut la découverte d'une traduction de l'*Iliade* d'Homère, vieux bouquin jaune et poudreux, qu'il trouva parmi les quelques livres qui composaient la bibliothèque du bon curé. Ces récits merveilleux de la guerre de Troie, ces terribles combats de héros remplirent son imagination d'une ivresse céleste, et, s'aidant de l'argile et du charbon, il reproduisait dans son enthousiasme les Hélène, les Hector et les Achille du divin rapsode, de l'immortel *poeta sovrano*, comme l'appelle Dante Alighieri, cet Homère italien.

La mort du vieux prêtre vint bientôt le rappeler aux misères de la vie réelle. La fatalité qui le poursuivait le laissa de nouveau sans ressources et dans un affreux isolement. L'ami qui l'avait accueilli, jadis, avec son père, ayant fait un voyage en Périgord, tendit encore une main secourable au jeune enfant et l'emmena avec lui à Paris. Un jour, conduit au musée du Louvre, il fut ébloui, enivré, à la vue des chefs-d'œuvre de Rubens, et, comme le Corrége après avoir admiré un tableau de Raphaël, il s'écria exalté : « Et moi aussi je suis peintre ! » Sans perdre de temps, stimulé par l'amour de l'art, il se met à l'œuvre avec une ardeur opiniâtre, et ses progrès furent tels qu'il pût entrer bientôt dans les ateliers de Gérard, un des meilleurs peintres de l'époque,

et se créer en même temps un moyen d'existence dans
l'art des écritures lithographiques. A l'abri du besoin
et sur le chemin de la gloire, l'avenir s'offrait brillant
au jeune artiste. Mais il n'était pas, hélas ! au terme
de ses infortunes. Ses forces s'épuisèrent sous l'action
de sa double tâche. Un soir, il rentra de l'atelier les
yeux sanglants; sa vue était attaquée, et les secours
de la science furent impuissants pour arrêter le mal.
L'influence du climat méridional pouvait peut-être
encore le sauver. Joseph revint au Bugue. Vain espoir ; quelques jours après son arrivée, le soleil ne
brillait plus pour lui, la cécité était complète.

Il n'avait alors que quatorze ans et se sentait, dès le
début de la vie, vieilli par les malheurs. Condamné à
traîner ses jours dans d'épaisses ténèbres, il hésita ;
à côté des souffrances inouïes du présent, la mort lui
paraissait un refuge. Frappé dans ses plus chères af-
fections, déchu de toutes espérances, presque sans
pain, tenterait-il cette dernière épreuve de vivre
dans ce tombeau des vivants, la cécité ? Au milieu de
ces luttes terribles livrées au désespoir, le ciel eut
pitié du pauvre aveugle et lui envoya l'ange qui con-
solait jadis Homère et Milton : la poésie, lumière di-
vine qui calma ses douleurs. Elle vint l'éclairer dans
sa nuit, et, derrière ce voile épais qui le séparait à
jamais du monde réel, il se créa dès lors un monde
intellectuel où il revoyait les magnifiques tableaux de

la nature, les bois, les vallons, les ruisseaux qu'il avait tant aimé à contempler sous les feux du jour. Ne pouvant plus être peintre, Joseph Labatut devint poète :

Hélas ! de tous ces biens, qui font seuls la jeunesse,
Que me reste-t-il ? Rien, gloire, espérance, amours,
J'ai tout perdu ! mon luth seul berce ma tristesse
Dans la nuit monotone où s'éteignent mes jours !

Aussi bien que des pleurs vous calmez ma souffrance,
O vers ! source brillante où j'aime à m'abreuver ;
Aussi bien que ces voix qui parlent d'espérance,
Vous descendez d'en haut pour me faire rêver.

Vous êtes la beauté, l'amour et la nature,
Le langage confus de tant d'êtres divers,
Les plus vagues parfums que répand la verdure,
Tout, tout, ô poésie, ange éloquent des vers !

. . . .
Environnez-moi donc, consolez-moi, génies,
Pendant mes jours obscurs, mes longues insomnies.
De vos magiques dons devrais-je être déçu,
Moi qui, couvant des arts l'ardente frénésie,
Dans les tableaux fameux lisais la poésie,
Moi que sous son beau ciel la peinture a conçu ?

C'est ainsi qu'il chantait, et ses accents mélodieux surent atteindre souvent, grâce à une puissante inspiration, les plus hautes régions de l'art.

Mais si la poésie était venue atténuer ses souffrances morales, il n'en était pas moins plongé dans le
plus grand dénûment. De trop nombreux exemples,
hélas ! nous ont assez prouvé que si la poésie ne conduit pas à la misère, il est bien rare qu'elle en tire.
Aussi, combien de jeunes littérateurs voyons-nous
descendre de Pégase pour ne pas y mourir d'inanition !
Et n'est-ce pas là une des causes qui ont fait dire à
notre éminent critique Sainte-Beuve : « Il se trouve
dans les trois quarts des hommes comme un poète
qui meurt jeune, tandis que l'homme survit. » Souvent donc sacrifier le poète sera une nécessité pour
sauver l'homme. Mais pareil sacrifice pourra-t-il
toujours aisément s'accomplir ? Contrairement à la
lampe qui, privée subitement de l'huile qui lui donnait la clarté et la vie, pâlit et s'éteint, l'homme
vraiment poète survivra-t-il à la privation de cette
force chaleureuse, la poésie, qui était sa vie à lui ?
Habitant des domaines enchantés de l'imagination,
pourra-t-il s'acclimater aux champs de la réalité,
passer ses jours à s'occuper d'un lendemain, vivre
pour vivre ?

En présence d'un tel problème, Chatterton, en An-
gleterre, n'avait vu qu'une solution, celle de s'empoi-
sonner. Malfilâtre et plus tard Gilbert, en France,
s'étaient laissés : le premier, mourir de faim et de misère ; le second, entraîner par la folie du désespoir sur

3

un lit d'hôpital, où la mort devait bientôt l'aller chercher. La liste serait longue de ces pauvres martyrs
moissonnés dès leur printemps, par la faim et le suicide,
pour n'avoir pu accomplir ce divorce avec la poésie!

En cette circonstance encore, le courage de Joseph
Labatut ne se laissa pas abattre par le malheur, et,
plus résigné que ses frères en poésie, il quitta les sphè-
res sereines habitées par le poète pour chercher ailleurs une occupation qui lui procurât le pain de chaque jour.

Il importe de dire qu'il restait encore de la famille
appauvrie et dispersée de Labatut une pieuse femme,
sœur de la bonne veuve dont nous avons déjà parlé,
et qui, dans la mesure de ses forces, vint à son secours. Un jeune chirurgien l'entourait aussi, dans ce
cruel moment, d'une touchante sollicitude. Ce jeune
ami avait une petite fille qui devint l'Antigone de
l'aveugle, et celui-ci, touché de sa bonté, s'occupa de
développer cette tendre imagination en apprenant à
l'enfant les plus belles fables de Lafontaine, en lui
racontant les épisodes d'Homère, l'Histoire sainte, et
tout ce qui était capable d'orner son intelligence en
excitant sa curiosité.

Les progrès de la petite fille étonnèrent bientôt ses
parents, la ville entière en parla, et plusieurs pères
de famille, frappés d'un tel résultat, conflèrent à Labatut le soin d'instruire leurs enfants.

C'est ainsi qu'il trouva les ressources qui lui manquaient.

Et maintenant, comment pût-il accomplir un pareil professorat, obligé d'enseigner non-seulement ce qu'il ne pouvait pratiquer lui-même, mais encore ce qu'il n'avait pas appris ? C'est à une mémoire prodigieuse, à une énergie indomptable au service d'une intelligence d'élite, qu'il faut demander le secret d'un pareil prodige.

Cependant, une telle dépense de forces affaiblit bientôt la santé du jeune précepteur. Les élèves devinrent plus rares, et le poète ne tarda pas à reprendre sa lyre un moment abandonnée. Il apportait alors à ses nouvelles compositions une science plus approfondie de la prosodie et des connaissances nouvelles des règles du langage ; son imagination s'était élargie, grâce aux nombreuses lectures orales qui lui avaient été faites, et c'est alors qu'il produisit de nombreuses pièces, d'un rhythme varié, aussi élevées que touchantes, admirables de sentiment, et que venaient rehausser la pureté et la simplicité du style. Il travaillait dans le silence, se récitait ses vers à lui-même, les corrigeait, les polissait, et, enfin, les dictait lorsqu'ils avaient atteint le degré de perfection voulu.

M. Pélissier, qui, de loin, veillait toujours sur le malheureux aveugle, ayant eu connaissance de ses poésies, eut la pensée d'en publier le recueil. Ce ne fut pas sans résistance de la part de l'auteur, qui, modeste à l'excès, s'opposa longtemps à cette publication. Il fallut bien y consentir pourtant, car le peu de ressources qu'il avait pu recueillir de ses leçons diminuait de jour en jour, et de nouveau la pauvreté se dressait devant lui avec son hideux visage de spectre.

« .... Vous le savez, écrivait-il à son bienfaiteur, ce n'est pas un vain désir de célébrité qui m'a fait céder à vos instances, et consentir à livrer au public des vers que j'aurais voulu garder pour moi et pour quelques rares amis qui sont bien obligés de supporter quelque chose.

« Si, jusqu'à présent, je m'étais toujours refusé à me faire imprimer, c'est que je trouvais un autre moyen de vivre ; il me manque aujourd'hui, et il faut bien, malgré toutes mes répugnances et mes craintes, que je me décide à prendre ce dangereux parti.

> « La douleur est ma muse, elle a tous mes secrets ;
> « Aussi, je l'avouerai, n'est-ce pas sans regrets,
> « Sans cette pudeur fière, aux malheureux connue,
> « Que je livre aux regards mon âme toute nue.

« Mais il le faut, vous le voulez ; et puisque c'est une dernière planche de salut, je vais encore m'y hasarder. »

Des gens de cœur, et la presse elle-même, vinrent s'associer à l'œuvre si généreusement entreprise par

M. Pélissier, à l'initiative duquel nous devons de compter un poète de plus. Voici comment l'*Artiste*, journal des salons, rendant compte d'une soirée littéraire, saluait l'apparition du nouveau-venu dans le monde des lettres :

« Êtes-vous de ceux-là qui aiment les surprises en littérature, et pour qui le talent a plus de prestige quand il se révèle spontanément avec quelque entour romanesque ? En ce cas, soyez en joie, car il se prépare une nouvelle apparition en ce genre. L'autre jour, avant de partir pour quelque villa des environs de Paris, Mme la comtesse d'Agoult avait réuni chez elle un certain nombre d'écrivains et d'artistes : MM. Alfred de Vigny, Louis et Horace de Viel-Castel, Mignet, Arthur de Gabineau, Auguste Desplaces, Louis de Rouchaud, Henri Lehmann, Georges Lervegt et quelques autres ; on arrivait assez mystérieusement convoqué pour une lecture. Or, il s'agissait des poésies d'un jeune homme devenu aveugle au milieu d'études ardentes faites en peinture, l'art vers lequel il se sentait tout d'abord entraîné. M. Bocage (1) a lu, avec cette passion qu'il met à tout, une biographie très-dramatique du pauvre aveugle, rédigée, par la reine du salon, avec cette sûreté et cette distinction

_____

(1) Célèbre acteur dramatique.

de style que vous avez admirées maintes fois dans les pages signées Daniel Stern.

« Le poète ainsi connu dans sa vie, on devait écouter avec plus de faveur et d'intérêt les fragments de son œuvre qu'on a lus ensuite ; mais, de ses poésies je ne vous dirai rien, ne voulant pas vous enlever par des louanges et des critiques indiscrètes le piquant de l'imprévu. Une chose, toutefois, dont il est bon, à ce propos, de se féliciter, c'est que les femmes aient au cœur ce sympathique souci des lettres. Alors même quelles se trompent dans leurs dévouements littéraires, leurs erreurs sont généreuses et dignes. Aussi, pour mon compte, je regrette de ne pas les voir prendre plus souvent l'initiative en cela ; il leur sied si bien de ménager un auditoire et de l'ombre au talent délicat, violemment étouffé dans le vacarme contemporain, comme une voix d'alouette dans une rafale. C'est pourquoi, dans les rigueurs de sa destinée, le jeune aveugle du Bugue doit se trouver encore favorisé du ciel, puisqu'il se produit au monde poétique sous de tels auspices et qu'il a rencontré une si noble marraine. »

Lorsque l'ouvrage parut sous le titre d'*Insomnies et Regrets* (1), orné d'un portrait de l'auteur dû à

---

(1) Furne, éditeur, Paris.

M. Lohmann, avec une notice servant de préface par
M. Pélissier, il produisit une grande émotion chez
tous les cœurs généreux, accessibles au beau.

Les journaux de l'époque témoignent hautement de
l'accueil sympathique fait à ce livre de poésies inspiré par le malheur ; on comprit que ce n'était pas là
une de ces douleurs fictives que réclame l'élégie,
mais une terrible réalité, et que le pauvre aveugle
ne faisait pas de métaphores quand il s'écriait :

La douleur est ma muse, elle a tous mes secrets.

Il faudrait un volume pour citer tous les articles
que la presse consacra à l'intéressant auteur. Je me
bornerai donc à donner ici quelques extraits, qui suf-
firont au lecteur qui n'aurait pu se procurer l'ouvrage dont l'édition fut épuisée en quelques jours,
pour se faire une idée du mérite de l'œuvre et des
difficultés qui, lors de son apparition, semblaient devoir en compromettre le succès :

« Voici un livre de poésies qui a produit une sensa-
tion profonde dans le monde littéraire. Paris s'en est
ému tout le premier. Le livre venait pourtant du
coin le plus reculé de la province, et l'on sait l'accueil
réservé aux œuvres écrites loin du centre des lettres
et des arts. Mais celle-là portait avec elle une double
recommandation puissante, celle du malheur et du

talent. Tout semblait conspirer contre son succès. Et
d'abord, le temps n'est guère à la poésie, bien que les
vers n'aient jamais été plus nombreux. Mais qui dit
poésie dit rêverie, et l'on n'a pas le loisir de rêver.
Que l'on y soit ou non disposé, sitôt qu'on a mis les
pieds dans le monde, il faut s'associer à sa vie active,
pratique, matérielle, bruyante, sous peine de délais-
sement et de misère. S'arrêter sur les bords du chemin pour contempler le ciel, pour se replier en soi,
pour recueillir ses pensées, pour analyser ses émotions, pour chanter les unes et les autres, c'est courir
le risque de voir les passants vous jeter leur dédain
ou leur pitié.

« Il faut, pour obtenir les sympathies et gagner la
fortune et la gloire, d'autres goûts et d'autres occu-
pations ; il faut étouffer son cœur, couper les ailes à
son imagination, et, les regards devant soi, s'avancer
hardiment dans le mouvement des affaires, dans le
bruit et la fumée, dans l'effroyable pêle-mêle des
ambitions, des concurrences et des cupidités.

« Or, dans ces conditions-là, le monde ne peut
être qu'antipathique aux poètes, dont les chants ont
besoin de silence pour être entendus.

« Il est vrai qu'en dehors de la société pratique, il
y en a une autre qui s'isole pour penser et méditer,
pour recueillir toute idée qui se produit ; mais
celle-là, on l'a rendue défiante par les déceptions

qu'on lui a fait subir en matière d'art et de poésie. Elle croit peu au talent véritable depuis qu'elle en a tant vu de faux ; elle se défie des réputations nouvelles, depuis qu'elle en a tant vu d'usurpées ; elle est en garde contre les poètes plus encore que contre tous les autres ; elle sait comment, en ces dernières années, ils ont abusé de la crédulité publique pour nous donner leurs impressions intimes, d'où sortait toujours une triste impression pour le lecteur. Les talents supérieurs eux-mêmes n'ont pas été à l'abri de ces reproches mérités, et, à l'heure qu'il est, c'est à peine s'il reste, dans ce grand naufrage de la poésie, deux ou trois voix qui aient le privilège d'appeler la confiante attention des amateurs mystifiés.

« Donc, quand le livre de Lafon-Labatut fit son apparition, on voit que ses chances étaient peu favorables. Et cependant, à peine l'eût-on lu, que l'on en parla partout, là même où l'on parle si difficilement des publications nouvelles de la province, c'est-à-dire dans la presse de Paris. M. Sainte-Beuve emboucha le premier la trompette pour annoncer la nouvelle dans la *Revue des Deux-Mondes* (1). Avec sa rare sagacité, son vif sentiment, sa rapide intelligence, il avait découvert dans ce petit livre une délicieuse

_____

(1) Livraison du 1er décembre 1845.

oasis, une source fraîche et limpide d'inspiration, une nature naissante et vierge, des émotions vraies, un style spontané, et toutes ces choses qui deviennent de plus en plus rares, à savoir la vérité, l'émotion, la grâce et la pensée.

« Il est de ces hommes qui comptent la conscience pour quelque chose dans leurs écrits, et qui, dans la critique, apportent autant de justice que d'esprit. On s'émut donc de l'article de M. Sainte-Beuve, et on lut le livre de poésie de M. Lafon-Labatut. On put se convaincre dès lors qu'il n'y avait eu à son égard ni exagération, ni engouement... » (1)

Un jeune poète, sous le pseudonyme de Benjamin, dans une critique des œuvres de Labatut, insérée dans la *Colonne et l'Observateur* (2), journal de Boulogne, s'exprimait ainsi :

«... Les poésies de Lafon-Labatut sont belles, palpitantes d'intérêt, souvent pleines d'énergie dans la pensée et l'exposition, riches d'images et de coloris, — la peinture s'y retrouve souvent, — harmonieuses et très-variées dans le rhythme, ce qui les sauve de la monotonie, cet écueil funeste à beaucoup de poètes. Sans doute, toutes ne sont pas parfaites : quelques

(1) *La Guienne*, numéro du 28 janvier 1846, Feuilleton par Justin Dupuy.

(2) Numéro du 12 juillet 1846.

morceaux, rares il est vrai, accusent un peu d'inco-
hérence dans la conception et d'obscurité dans la
forme ; mais, considérées dans leur ensemble, elles
n'en sont pas moins l'œuvre d'un poète qu'on ne peut
que s'applaudir d'avoir lu et de pouvoir relire souvent. Les morceaux que nous aimons le mieux, et qui
nous paraissent réunir le plus de qualités poétiques,
sont : *Apothéose, ma Mère, les Adieux, l'Absence,
A un Enfant, les Hirondelles, A mon Chien,* etc.;
et parmi ceux où l'auteur s'est dégagé, complétement
ou en partie, de ses préoccupations personnelles : *les
Vents, les Bois, la Cloche,* et surtout *le Fou.* Ré-
pétons-le : toutes les pièces qui composent *Insomnies
et Regrets,* même celles qui ne sont pas irréprocha-
bles, sont marquées au coin de la bonne poésie. Tous
ceux dont le cœur n'est jamais resté froid devant un
beau talent et une belle âme, unis à une grande infortune, voudront donner au poète aveugle une marque de bienveillante sympathie ; les dames surtout,
qui ont toujours été pour lui une Providence terres-
tre ; les femmes, dont le cœur bat si vite à l'aspect
du malheur et de la souffrance, voudront être les
Antigones de ce nouvel Œdipe.

« Encore un mot à Lafon-Labatut : dans le morceau adressé à un *Oiseau inconnu,* il lui dit qu'il
voudrait que sa voix solitaire fût, comme la sienne,
l'amour d'un malheureux. Son désir ne sera pas

stérile : toutes les douleurs se touchent par quelque point, et plus d'un malheureux, en retrouvant dans ses vers ce qu'il a souffert, embellis des charmes de la poésie, sentira renaître dans ses yeux de douces larmes qu'il croyait à jamais perdues, et retrempera son courage dans l'énergie de sa volonté, dans le calme de sa résignation. Quant à son nom, qu'il aurait voulu garder ignoré, il sera prononcé, par tous ceux qui le connaîtront, avec le respect et l'amour qu'il commande, et deviendra un des symboles les plus touchants du poète malheureux..... » (1)

---

(1) Voici la petite pièce de poésie sur *un Oiseau inconnu*, à laquelle il est fait allusion :

Je ne sais pas ton nom, petit oiseau des champs
    Qui, par longs intervalles,
Fais retentir au loin la gaîté de tes chants
    En strophes matinales.

Je n'entendis jamais de près ta belle voix ;
    Jamais, au premier âge,
Tu ne vins sur mon front te choisir dans les bois
    Un balcon de feuillage.

Mais qu'importe le nom qu'on te donne ici-bas,
    Voix que le Ciel inspire !
Mon cœur te connaît bien ; et ne me rends-tu pas
    Une larme, un sourire ?

Le *Moniteur*, le *Constitutionnel*, le *National*,

Qu'importent les couleurs dont tu luis au soleil,
        Dans les herbes nouvelles ?
Dieu ta fait le présent qui n'a point de pareil,
        Ta musique et tes ailes.

Ce n'est du rossignol ni le chant soutenu,
        Ni la vive alouette ;
C'est un vague soupir, un talent méconnu
        D'insouciant poète.

Ce n'est point la beauté superbe, à l'œil vainqueur ;
        C'est la Vierge qui passe,
Se tourne, vous regarde, et laisse au fond du cœur
        Le parfum de sa trace.

Chaque printemps, tu viens de tes jeunes amours
        Chanter jeune interprète ;
Chaque printemps, plus vieux et plus triste toujours,
        Je t'écoute et m'arrête.

Tu répands en mon âme un confus souvenir
        D'harmonie et d'enfance,
Comme la fleur d'automne abandonne au zéphir
        Un doux reste d'essence.

Et je rêve au passé ! petit oiseau des champs
        Qui, par longs intervalles,
Fait retentir au loin la gaîté de tes chants
        En strophes matinales.

4

le *Messager*, la *Presse*, l'*Illustration*, etc., suivi-

Sous la motte de terre as-tu pour paravent
    La mauve ou la pervenche ?
Ou ton frêle édifice aux caprices du vent
    Flotte-t-il sur la branche ?

Fais-tu des tendres blés qui couvrent les sillons
    Les festins de ta couche ?
Portes-tu dans ton bec, à tes chers oisillons,
    La bourdonnante mouche ?

T'exiles-tu, nomade, en ces brûlants climats
    Où se hâte l'aurore ?
Constant et résigné, braves-tu nos frimas,
    Cher oiseau ? Je l'ignore.

Connaître ne rend pas plus heureux, je le sais ;
    On sait tout quand on aime ;
Pour un pauvre ignorant comme moi, c'est assez
    Que tu sois un emblême.

Emblême de bonheur, hélas ! dont palpitait
    Ma jeunesse ravie,
Qui chante quelques jours au printemps, puis se tait
    Tout l'hiver de la vie.

Je ne veux pas savoir ton nom. J'aimerais mieux
    Que ma voix solitaire
Fût, comme tes accents, l'amour d'un malheureux,
    Et mon nom un mystère !

rent l'exemple donné, et Labatut recueillit une ample moisson de sympathiques éloges, précurseurs de la haute marque de distinction dont l'Académie française devait l'honorer en mettant sur son front sa couronne de lauriers.

On sait avec quel enthousiasme fut accueillie, en 1835, l'apparition, à la Comédie-Française, de *Chatterton*, drame que M. Alfred de Vigny venait de tirer de son magnifique roman de *Stello*.

Le sujet était bien fait pour soulever les attaques de quelques bourgeois égoïstes et à l'esprit étroit ; aussi ne furent-elles pas ménagées à l'auteur, que l'on accusait stupidement de s'être constitué l'apologiste du suicide.

L'opinion publique fit bon compte de ces basses accusations, dictées le plus souvent par la jalousie impuissante. Le succès de la pièce fut éclatant et l'enseignement salutaire ; les âmes compatissantes s'émurent à ce terrible tableau de l'orgueil brutal et de l'égoïsme se coalisant pour terrasser le génie, et, au sortir d'une représentation, M. de Maillé de Latour-Landry écrivait à l'un de ses amis :

« Je viens de voir *Chatterton*. Eh bien ! M. de Vigny a raison. Quand un poëte se produit, on doit lui assurer au moins pour un an le pain quotidien, lui donner le temps d'essayer ses forces, de les montrer, et de gagner le suffrage public. Je sors de chez mon notaire. J'ai institué à cet effet un prix de *quinze cents francs* que décernera l'Académie. »

Telles furent les circonstances qui présidèrent à la fondation de ce prix, et que j'ai cru devoir rappeler.

Dans sa séance publique annuelle du 10 septembre 1846, l'Académie française, sur le rapport de M. Lebrun, accorda par acclamation à Joseph Lafon-Labatut le prix fondé par M. le comte de Maillé de Latour-Landry, et qui était ainsi libellé : « Prix institué en faveur d'un jeune écrivain pauvre dont le talent, déjà remarquable, paraît mériter d'être encouragé à poursuivre sa carrière dans les lettres » (1).

En outre, pour reconnaître les premiers efforts du poète qui promettait un si bel avenir, et en même temps pour l'aider surtout à réaliser cette promesse, M. de Salvandy, ministre de l'instruction publique, décida qu'il serait attribué à Lafon-Labatut une indemnité annuelle de 800 francs.

M. Villemain, sécrétaire perpétuel de l'Académie française, fut chargé d'annoncer au lauréat la décision bienveillante dont il venait d'être l'objet.

C'est ainsi qu'à force de résignation, d'énergie et de patience, le jeune poète venait de conquérir un titre

----

(1) L'Académie décernant tous les deux ans le prix institué par M. de Latour-Landry, le lauréat reçoit 3,000 francs.

à la célébrité, en même temps que des secours ines-
pérés le mettaient désormais à l'abri de la misère.

Stimulé par le succès, Labatut ajouta à son œuvre
de nouvelles pièces de poésie, qui bientôt confirmèrent
les espérances fondées sur son talent et qui ajoutèrent
encore à l'intérêt qu'il avait déjà inspiré.

Il habitait, à l'extrémité de la petite ville du
Bugue, une maison solitaire, modeste ermitage riant
aux rayons du soleil levant, égayé par le chant des
oiseaux et le perpétuel murmure de la Vézère. C'est
là que vint le voir M. le comte Horace de Viel-Castel,
qui, émerveillé des récits du poète, s'exprimait en ces
termes dans une narration de son voyage :

«... Le souvenir de la journée que j'ai passée dans
la modeste demeure de Lafon-Labatut est un de ceux
que je garde précieusement en ma mémoire ; jamais
je n'oublierai cette infortune si grande et si noble du
poète aveugle, ses chants si mélancoliques et si sua-
ves, sa conversation si pleine d'intérêt, sa figure si
belle d'expression et de tristesse résignée. Je revien-
drai de nouveau dans sa demeure, je l'écouterai me
récitant de nouveaux chants et s'interrompant pour
me dire : « Prenez garde, monsieur, je vous en prie ;
« je vous ai entendu vous appuyer contre ma fenêtre,
« et vous pourriez effaroucher un pauvre nid d'hi-
« rondelles qui s'est confié à moi. Tous les ans, mes
« amies de l'année précédente viennent l'habiter ;

4*

« elles me connaissent, elles m'aiment, je ne ferme
« jamais ma fenêtre pour leur laisser la liberté d'al-
« ler et venir à leur fantaisie... Je les aime sincère-
« ment, ces pauvres hirondelles ; elles ne s'aperçoi-
« vent pas que je suis aveugle !... »

C'est à peu près à cette époque qu'il reçut de Bergerac une adresse de félicitations signée de toute la
ville, et qui rendait un public et précieux hommage
au poète que quelque temps auparavant, à l'occasion
du couronnement de Jasmin, l'intelligente cité avait
fêté et applaudi.

Je transcris ici la réponse de Lafon-Labatut :

« MESSIEURS,

« Je suis vraiment désolé qu'une absence de plusieurs jours m'ait empêché de prendre plus tôt connaissance d'une adresse qui m'honore autant qu'elle
me touche.

« Je n'ai point oublié, je n'oublierai jamais, messieurs, le jour où la ville de Bergerac a vu dans son
sein un grand poète d'une part et un grand malheur
de l'autre. Ce grand poète, c'était Jasmin ; ce grand
malheur, c'était moi.

« A cette heure, messieurs, le génie eut ses cour-
tisans, c'était beau, et l'infortune ses flatteurs, c'était
encore plus beau peut-être... Vous me pardonnerez,

je l'espère, les épithètes que je vous donne ici ; elles me semblent assez justifiées et ennoblies par la circonstance ; l'Agenais s'en revint avec une magnifique médaille sur la poitrine, le Périgourdin avec un bienveillant appareil sur le cœur.

« Depuis cette époque, messieurs, j'ai bien souffert... c'est ma tâche sur la terre. Mais une couronne et une aisance inattendues sont venues me chercher dans ma solitude... Hélas ! n'est-ce pas trop tard ?...

« Quoi qu'il en soit, je garderai et montrerai toujours la félicitation écrite de mes compatriotes comme le plus beau titre de noblesse dont mon faible talent puisse se vanter. Parmi les noms qui la couvrent, quelques-uns me sont apparus comme de vieux amis, comme une touchante image du souvenir ; les autres, que je désire connaître un jour, comme une douce promesse de l'espérance.

« Recevez, messieurs, l'assurance de toute ma gratitude et de mon dévouement le plus sincère.

                              « LAFON-LABATUT. »

On voit, par les citations nombreuses faites dans cette biographie, que Lafon-Labatut, grâce à son talent, était devenu un homme remarquable et remarqué. D'autres titres le recommandaient encore aux

amis qui allaient le visiter. C'était d'abord sa conversation savante, qui venait rehausser le charme d'une
diction pure et mélodieuse. Il possédait de plus ce
don bien rare, quoiqu'on en dise, de l'esprit gaulois,
quelquefois caustique, il est vrai, mais à qui l'on par-
donnait bien vite, car l'on connaissait la bonté de
l'homme et son exquise sensibilité de cœur.

Enfin, aimé et estimé de tous ceux qui l'appro-
chaient, Lafon-Labatut consacra entièrement le reste
de ses jours au commerce des Muses, chantant ses
souvenirs, ses aspirations, avec cette vérité de sentiment et cette douceur philosophique qui distinguent
ses premières œuvres.

Quand la vieillesse vint le surprendre, vieillesse que
tant d'infortunes avaient rendue précoce, il se trouvait au milieu de parents qui, comme lui, longtemps,
secoués par la tempête, avaient demandé à de durs
labeurs un peu de place au soleil.

Une longue maladie de cœur, contre laquelle vinrent échouer les secrets de la science médicale et les
soins les plus empressés, l'enleva à ses concitoyens le
5 juillet 1877.

C'est ainsi qu'il mourut ou plutôt s'éteignit douce-
ment en souhaitant à ceux qui l'entouraient le bonheur qu'il avait si peu connu.

Le recueil des poésies inédites qui me fut confié
par notre regretté poète, lors des premières atteintes

de la maladie qui devait l'emporter, est le fruit de trente années de travail.

Une excessive modestie, jointe au désir d'atteindre toujours un plus haut degré de perfection, empêchèrent l'auteur de livrer à la publicité ses nouvelles créations. Et pourtant, que de progrès accomplis depuis l'époque où parut son premier ouvrage ! Tout ici est d'un fini parfait, et, sauf quelques rares inégalités, tout y porte les traces du génie poétique. C'est surtout dans l'élégie que se révèle son talent ; c'est là que brillent, avec le plus d'éclat, cette grâce et ce naturel qui gardent les œuvres de vieillir.

On a reproché à Lafon-Labatut un peu d'uniformité, résultat inévitable de ses chants composés sous une impression personnelle, celle de son malheur. Il a tenu compte de la critique ; oubliant ses souffrances, il a produit de nombreuses pièces où il s'est, pour ainsi ire, isolé de lui-même. Parmi ces morceaux, l'on remarque surtout : *l'Impôt, les Inventions, le Tableau, Un de Trop, Jadis et Maintenant, la Rencontre, les Lazzaroni, l'Abeille, le Vieux Gardeur d'Oies, le Sobriquet,* etc.

En livrant prochainement à la publicité ces poésies mplètes sous le titre modeste de *Derniers Tâtonnements* que leur a donné l'auteur, je ne ferai que céder aux instances des amis du poète et au désir exprimé par la Société historique et archéologique de la Dordogne (1).

La *Femme du Diable* publiée aujourd'hui est une des pièces les plus remarquables du recueil, un véritable chef-d'œuvre par l'ordonnance et le pittoresque du récit, un étonnant tour de force poétique par le retour périodique des mêmes rimes. Le succès obtenu par les premières œuvres de Lafon-Labatut me ga-

---

(1) Dans la séance tenue par la Société historique et archéologique de la Dordogne, le 2 août 1877, M. Dujaric-Descombes fit la communication suivante, au sujet de la mort récente du poète aveugle J. Lafon-Labattut :

« Bien qu'une terre étrangère l'ait vu naître, Lafon-Labatut appartient au Périgord par sa famille originaire du Bugue et son existence écoulée dans cette ville. Ce poète si digne d'intérêt avait pris une place distinguée dans la poésie contemporaine par la publication de ses *Insomnies et Regrets*, et son admirable talent, couronné par l'Académie française, recevra encore un nouveau lustre par la publication posthume d'un second recueil inédit, les *Derniers Tâtonnements*. Le Périgord tout entier a vivement ressenti la perte d'un homme qui l'honorait par son génie poétique. La Société historique et archéologique, qui a le culte des hommes et des choses qui font la gloire de notre province, voudra rendre un hommage à sa mémoire, en témoignant aujourd'hui, dès le début de sa séance, les regrets que lui a causés la mort de ce poète, qui fut un disciple admiré de Millevoye et de Lamartine. »

A l'unanimité, la Société s'associa à la pensée de M. Dujaric, et il fut décidé que le procès-verbal de la séance contiendrait l'expression de ses regrets au sujet de la mort de l'auteur des *Insomnies et Regrets* et des *Derniers Tâtonnements*.

rantit l'accueil favorable du public pour ces admirables strophes qui justifient si bien cette pensée de Victor Hugo prise par le poète aveugle comme épigraphe à ses *Derniers Tâtonnements :*

Quand l'œil du corps s'éteint, l'œil de l'esprit s'allume.

GABRIEL LAFON.

Le Bugue (Dordogne), Juin 1878.

LA FEMME DU DIABLE

LÉGENDE PÉRIGORDINE.

Je suis celui qu'on aime et qu'on ne connaît pas.
Sur l'homme j'ai fondé mon empire de flamme,
Dans les désirs du cœur, dans les rêves de l'âme,
Dans les liens des corps, attraits mystérieux,
Dans les trésors du sang, dans les regards des yeux.

(Alfred DE VIGNY.)

I

Enfant, de légendes avide,

J'ai souvent entendu parler

D'une femme sèche et livide

Qu'un sort fatal semblait voiler ;

On l'appelait, Dieu me pardonne,

La Femme du Diable, au hameau.

Si le diable n'était pas beau,

Il n'eût jamais tenté personne.

5

Au fond d'une gorge sauvage

Qui s'étrécit en entonnoir,

Sans voisins et sans parentage,

Sans amis qu'un gros matou noir,

Elle habite un bouge où foisonne

La fève grise, le sureau.

Si le diable n'était pas beau,

Il n'eût jamais tenté personne.

Dedans, sur une planche haute,

Se riant du miauleur affreux,

Une souris rouge y grignotte

Un livre d'heures tout poudreux,

Et dehors, une poule aphone

Y gratte un fétide terreau.

Si le diable n'était pas beau,

Il n'eût jamais tenté personne.

Nul grillon dans la cheminée,

Nul lierre au mur se cramponnant,

Pas de ruche au soleil tournée,

Nul pauvre qui, s'en revenant,

Rende un *pater* pour une aumône

Au seuil maudit de ce closeau.

Si le diable n'était pas beau,

Il n'eût jamais tenté personne.

On dit qu'elle avait été belle,

Mais mon enfance n'y voyait

Qu'une grande sempiternelle

Dont l'air farouche m'effrayait;

Le temps, qui fauche et qui moissonne,

Avait tout flétri sur sa peau.

Si le diable n'était pas beau,

Il n'eût jamais tenté personne.

La vieille servante d'un prêtre,

Chez qui j'ai fait bien des péchés,

Lorsque la bise à la fenêtre

Geignait dans les trous mal bouchés,

Me fit, encore j'en frissonne,

De cette histoire un long tableau.

Si le diable n'était pas beau,

Il n'eût jamais tenté personne.

Je vais, grâce au ciel qui m'éclaire,

De quelques traits l'amplifier,

Ce, afin que le populaire

S'en puisse mieux édifier ;

Et sur un air je me chansonne

Pour plus durable *memento* :

Si le diable n'était pas beau,

Il n'eût jamais tenté personne.

II

Jeanne était une paysanne

Si fraîche sous son bavolet,

Si pimpante, la pauvre Jeanne,

Dans la serge qui l'habillait,

Qu'en pour, madame la baronne

Eût donné maint et maint joyau.

Si le diable n'était pas beau,

Il n'eût jamais tenté personne.

Car, aux champs où Jeanne était née,

Elle prit sa taille d'osier,

L'air d'une aimable matinée,

Un rossignol dans son gosier ;

Sa joue empruntait, vermillonne,

Le ferme éclat du bigarreau.

Si le diable n'était pas beau,

Il n'eût jamais tenté personne.

Comme une oronge elle était blonde ;

Son corps de grâce était pétri ;

Aussi légère qu'une aronde,

Elle en avait le joli cri ;

Et blanche neige qui floconne

La jalousait sur le plateau.

Si le diable n'était pas beau,

Il n'eût jamais tenté personne.

Qu'elle se courbe en moissonneuse,

Chantant dans le blé des guérets ;

Qu'elle se redresse en faneuse

Derrière nos faucheurs distraits,

Le sceptre qu'on ambitionne,

C'est sa faucille ou son rateau.

Si le diable n'était pas beau,

Il n'eût jamais tenté personne.

Finalement, dans la prairie,

A la fontaine, aux sentiers verts,

Partout, pleins de sorcellerie,

Ses yeux vifs, de longs cils couverts,

Tournaient la tête qui grisonne,

Alanguissaient le pastoureau.

Si le diable n'était pas beau,

Il n'eût jamais tenté personne.

Qu'il eût mieux valu, pour son âme,

Brider ses fantasques humeurs,

Vivre laide, exempte de blâme,

Au sein de nos benoîtes mœurs,

Se mesurer selon son aune,

Et ne pas s'éprendre à vau-l'eau !

Si le diable n'était pas beau,

Il n'eût jamais tenté personne.

III

Il advient qu'au quartier de lune

Où se vautre le mardi-gras,

Quand sur les pignons, dans la brune,

En jurant s'accouplent les chats,

La musette qui s'époumonne

Proclame grand bal au flambeau.

Si le diable n'était pas beau,

Il n'eût jamais tenté personne.

IV

Dans ce récit, que nous confirme

Plus d'un respectable témoin,

Jeanne, avec une aïeule infirme,

Vivait, du village assez loin ;

Fruit mûr et bouton qui fleuronne

Rarement ont même rameau.

Si le diable n'était pas beau,

Il n'eût jamais tenté personne.

Éclipser toutes ses compagnes,

Jeanne brûlait de ce désir.

Ainsi qu'à la ville, aux campagnes,

Gloriole nuit au plaisir ;

Gloriole, hélas ! empoisonne

Bal dans un Louvre ou sous l'ormeau !

Si le diable n'était pas beau,

Il n'eût jamais tenté personne.

« — Mon enfant, murmurait l'aïeule,

« En proie aux affres de la mort,

« De me laisser malade et seule

« N'aurait-tu pas quelque remord ?

« Mon ange gardien m'abandonne

« Dès que tu quittes mon rideau. »

Si le diable n'était pas beau,

Il n'eût jamais tenté personne.

« Souviens-toi, ma douce Jeannette,

« De tes parents en paradis ;

« Souviens-toi d'être fille honnête,

« De mes soins prodigués jadis ;

« Qu'en mourant, ta mère si bonne

« Me légua ton petit berceau. »

Si le diable n'était pas beau,

Il n'eût jamais tenté personne.

« Elle est mauvaise conseillère,

« La vanité, ma chère enfant ;

« Ayons recours, par la prière,

« A la Vierge qui nous défend ;

« Simplesse et vertu, de son trône

« Descendront te faire un trousseau. »

Si le diable n'était pas beau,

Il n'eût jamais tenté personne.

« Fassent Jésus et ses apôtres,

« Avec saint Joseph, l'artisan,

« Et saint Roch, patron de nous autres,

« Humble race du paysan,

« Que Dieu le père nous guerdonne

« En bénissant notre hoyau. »

Si le diable n'était pas beau,

Il n'eût jamais tenté personne.

« Ne m'abandonne pas ; naguère,

« Comme autrefois d'os et de chairs,

« M'ont apparu dans leur suaire

« Nos pauvres défunts les plus chers ;

« Et leur main pleine d'argémone

« Me montrait un soleil nouveau. »

Si le diable n'était pas beau,

Il n'eût jamais tenté personne.

6

Jeanne obéit, non sans blasphême,

Non sans se dire entre les dents :

« — Fut-ce avec le diable lui-même,

« Je danserai là-bas, dedans

« Cette masure qui rayonne,

« Où ricane le chalumeau ! »

Si le diable n'était pas beau,

Il n'eût jamais tenté personne.

V

Sitôt que l'aïeule assoupie,

Confiante, a fermé les yeux,

Jeanne, que pousse un bras impie,

S'apprête à pas silencieux.

Le vieux calel de cuivre jaune

Languit éteint sur l'escabeau.

Si le diable n'était pas beau,

Il n'eût jamais tenté personne.

Oh! précaution ténébreuse!

Oh! coupable et funeste apprêt!

Et tu vas fuir, fuir, malheureuse,

Ton lit si blanc et si propret,

Doux nid où l'amour te chantonne

Les songes de ton renouveau!

Si le diable n'était pas beau,

Il n'eût jamais tenté personne.

Et si pendant qu'ailleurs tu veilles,

Pour comble d'épouvantement,

La mort vient surprendre ta vieille

Avant les derniers sacrements!

Qui sait? Peut-être la félone

Porte la main au loqueteau!

Si le diable n'était pas beau,

Il n'eût jamais tenté personne.

Fuyant la grand'mère abusée

Qui lui tint lieu de ses auteurs,

Elle descend par la croisée :

C'est la porte des malfaiteurs.

D'abord, elle hésite et tâtonne ;

L'ombre l'étreint de son bandeau.

Si le diable n'était pas beau,

Il n'eût jamais tenté personne.

Plus loin, elle tressaille : un lièvre

S'éveille et part à son côté ;

Un buisson l'accroche ; un genièvre

Semble agir dans l'obscurité ;

Un renard glapit et braconne

Aux trousses de quelque étourneau.

Si le diable n'était pas beau,

Il n'eût jamais tenté personne.

6*

Elle écoute : — A travers la haie,

Qu'est-ce qui sanglote tout bas ?

— Elle regarde, elle s'effraie :

— Qu'est-ce donc qui se meut là-bas ?

— Une ombre indécise y mâchonne

— Je ne sais quoi dans le préau:

Si le diable n'était pas beau,

Il n'eût jamais tenté personne.

Exhalant de brusques huées,

Pareilles aux cris des démons,

Le vent déchire les nuées

Qui se rassemblent sur les monts ;

Le ciel frileux s'encapuchonne

Dans leurs plis traînant en lambeau.

Si le diable n'était pas beau,

Il n'eût jamais tenté personne.

Bientôt une flamme qui brille,

Un bruit lointain de flageolet

Vient égarer la jeune fille

Sur les traces d'un feu-follet ;

Un inconnu jà la talonne,

Aux yeux perçants sous grand chapeau.

Si le diable n'était pas beau;

Il n'eût jamais tenté personne.

Un plumet sur sa chevelure

Va rouler en se remuant,

Courtoise est toute son allure,

Son abord est insinuant;

Du haut en bas il s'environne

Des ondes d'un ample manteau.

Si le diable n'était pas beau,

Il n'eût jamais tenté personne.

« — La nuit aveugle a bien des piéges,

« Gente damoiselle; est-ce à vous

« D'aller braver ses sortiléges,

« Ses lutins et ses loups-garous,

« Et le fier bandit qui rançonne

« La bachelette incognito ? »

Si le diable n'était pas beau,

Il n'eût jamais tenté personne.

A ce seul nom de damoiselle,

La simple fille du manant,

Gagnée à la voix qui l'appelle,

Se retourne et va cheminant,

Côte à côte, alerte et friponne,

Avec l'étrange Jouvenceau.

Si le diable n'était pas beau,

Il n'eût jamais tenté personne.

C'est que le bal et les fleurettes

Avaient détraqué sa raison,

L'éloignant des œuvres discrètes,

Des devoirs et de l'oraison,

Si bien qu'on l'avait vue, au prône,

Sourire à tel godelureau.

Si le diable n'était pas beau,

Il n'eût jamais tenté personne.

« — Confiez-vous à ma prudence,

« Car le chemin où vous passez

« Vous mènerait droit à la danse,

« A la danse des trépassés ;

« Le malin qui vous espionne

« Prend ce flageolet pour appeau. »

Si le diable n'était pas beau,

Il n'eût jamais tenté personne.

« Que cette chaîne, ô ma colombe,

« Où l'or fin retient cent rubis,

« De votre col si blanc retombe

« Étinceler sur vos habits ;

« Gage d'amour, qu'il sanctionne

« Celui d'un puissant hobereau ! »

Si le diable n'était pas beau,

Il n'eût jamais tenté personne.

« Suivez-moi ; vous serez la reine

« De tout le village assemblé. »

Comme ils traversaient la garenne,

Son cœur pourtant se sent troublé :

Aux gais refrains qu'elle fredonne,

En sons plaintifs répond l'écho.

Si le diable n'était pas beau,

Il n'eût jamais tenté personne.

Les mâtins, qui prennent l'alarme,

Perçant les ténèbres d'abois,

Leur couraient sus ; voilà qu'un charme

En leur gorge étrangle leur voix ;

Leur bande se cache et marmonne,

Râlant la peur par le naseau.

Si le diable n'était pas beau,

Il n'eût jamais tenté personne.

Qu'importe une aïeule mourante ?

Qu'importent des pressentiments ?

Jeanne entend la vive courante,

Et le rire, et les instruments,

Et l'humeur gaillarde et gasconne

Qui circule en niche, en bravo.

Si le diable n'était pas beau,

Il n'eût jamais tenté personne.

La masure craque et chancelle
Comme un vieux ivrogne attardé ;
On se poursuit, on se harcelle ;
Le carnaval est débordé !
On frétille, on se tâtillonne ;
L'on saute et l'on s'embrasse : oh ! oh !
Si le diable n'était pas beau,
Il n'eût jamais tenté personne.

Lise, et demain la fièvre quarte
Ou la toux aux fréquents accès ;
La fluxion qui fera, Marthe,
Saillir votre joue en abcès ;
Et perdre son salut, Simonne,
N'est-ce là qu'un léger bobo ?
Si le diable n'était pas beau,
Il n'eût jamais tenté personne.

VI

Parmi la tourbe réjouie,

Tous deux s'offrent : — « Qu'est celui-ci,

« Se disait plus d'une ébahie,

« Que Jeanne nous amène ici ?

« D'un duc porte-t-il la couronne ?

« Est-ce un écuyer du château ? »

Si le diable n'était pas beau,

Il n'eût jamais tenté personne.

Et plus d'une, par convoitise,
Furtive, lui jette un regard ;
Et plus d'une qu'envie attise,
De Jeanne chuchotte à l'écart.
« — Ah ! dit une vieille matronne,
« C'est un loup qui guette un agneau ! »
Si le diable n'était pas beau,
Il n'eût jamais tenté personne.

A quoi sert que le berger compte
Toutes les têtes du bétail ?
L'affreux ravisseur n'a pas honte
D'entrer choisir dans le bercail.
Tant bien qu'on se précautionne,
Le diable happe son morceau.
Si le diable n'était pas beau,
Il n'eût jamais tenté personne.

Elle n'entendait rien : la folle,

Déjà prompte à tout oublier,

Glorieuse, pirouette et vole,

Enlacée à son cavalier ;

Vous croiriez que son pied festonne,

Narguant l'aiguille et le pinceau.

Si le diable n'était pas beau,

Il n'eût jamais tenté personne.

Elle n'entendait rien ! l'abeille

Ainsi voltige autour des fleurs,

Aux rayons d'avril s'ensoleille,

Et se perd entre leurs couleurs ;

Tel, le papillon vagabonde

De la pervenche à l'arbrisseau.

Si le diable n'était pas beau,

Il n'eût jamais tenté personne.

C'était à fermer les paupières
A chaque fois que flamboyait
L'éclair des perles et des pierres
Qu'en fringuant elle renvoyait ;
Et tandis qu'elle s'évaltonne
Flotte le magique oripeau.
Si le diable n'était pas beau,
Il n'eût jamais tenté personne.

Jeannille, la grosse meunière,
Feint un grand malaise, et s'assied ;
Mion, l'alerte jardinière,
Se reproche une entorse au pied ;
La dame du syndic chiffonne
D'ennui son tablier ponceau.
Si le diable n'était pas beau,
Il n'eût jamais tenté personne.

Les jeunes bouviers de la plaine,

Dont le chapeau porte un ruban,

Ceux d'Audrix et de Lanceplène,

De Bigarroque et de Cabans,

Sont fâchés que la compagnonne

Leur préfère ce damoiseau.

Si le diable n'était pas beau,

Il n'eût jamais tenté personne.

Le ménétrier du village,

Fin goguenard, ils le sont tous,

Rit au superbe personnage

Qui change en ducats ses gros sous;

D'un clin d'œil oblique il coïonne

Mion, Jeannille et l'Isabeau.

Si le diable n'était pas beau,

Il n'eût jamais tenté personne.

Il connaissait toutes le gammes ;

Maître tailleur de son métier,

Il habillait hommes et femmes,

Et, d'après maint cabaretier,

Estimait le jus de la tonne

Plus doux, ma foi, que le pruneau.

Si le diable n'était pas beau,

Il n'eût jamais tenté personne.

Afin de mouiller sa musette,

C'était là son dire, il fallait

Qu'à son côté toujours fut prête

Sa pinte avec son gobelet :

Cours, ma musette biberonne,

En bourrée, ou vire en rondeau !

Si le diable n'était pas beau,

Il n'eût jamais tenté personne.

Sur ce toit qui flamboie et grouille,

Au milieu du calme lointain,

La lune qu'un nuage souille,

Jette un rayon louche, et s'éteint :

Ainsi, craintive et pâle nonne

Épie entre un double barreau.

Si le diable n'était pas beau,

Il n'eût jamais tenté personne.

VII

Minuit! minuit! dans l'autre monde,
Soudain hurle un chœur de damnés,
Qui forment une obscène ronde
Et se trémoussent déchaînés :
L'enfer se rue; il nasillonne
Aux reflets du rouge fourneau :
« — Si le diable n'était pas beau,
« Il n'eût jamais tenté personne.

« Relevons la robe ensoufrée

« Riche de ses franges de feu !

« Dansons ! la plus belle curée

« Pour notre maître n'est qu'un jeu !

« La fille d'Ève qu'il bouchonne

« Tourne en dansant dans le panneau.

« Si le diable n'était pas beau,

« Il n'eût jamais tenté personne.

« Dans l'habitacle où, sur la braise,

« Nos vains plaisirs sont expiés,

« Du fond des bois c'est un fraise

« Qui, cette nuit, tombe à nos pieds ;

« C'est un bouquet de belladone,

« C'est une goutte du ruisseau.

« Si le diable n'était pas beau,

« Il n'eût jamais tenté personne.

« Que tout lui fasse la grimace,

« Quand fiévreuse elle dormira ;

« Que la chenille et la limace

« Brouttent ce qu'elle sèmera ;

« Que le grain qu'un ver charançonne

« Devienne cendre, en son bluteau.

« Si le diable n'était pas beau,

« Il n'eût jamais tenté personne.

« Qu'elle vive encor sur la terre

« Mais que son âme rampe ici !

« Que sa chute, non salutaire,

« N'amène nulle autre à merci !

« Qu'un remords sans larme assaisonne

« Ses fruits, son pichet, son chanteau !

« Si le diable n'était pas beau,

« Il n'eût jamais tenté personne.

« Dansons ! et qu'il s'ouvre sans cesse

« Aux danseuses de tous les temps,

« A la ribaude, à la princesse,

« Notre portail, à deux battants !

« Que de ses clefs Simon Barjonne

« Vole enrouiller le vieux faisceau !

« Si le diable n'était pas beau,

« Il n'eût jamais tenté personne.

« Nous avons la danse macabre,

« Puisque la danse lui plaît tant ;

« La toge, la mitre et le sabre,

« Elle y verra tout gigottant ;

« Elle y verra la bûcheronne

« Coudoyer son gentilhommeau.

« Si le diable n'était pas beau,

« Il n'eût jamais tenté personne.

« Sous les cieux chargés de tempêtes

« Gît la terre, et son fondement

« Alourdit encor sur nos têtes

« Cet effroyable entassement ;

« Mineurs que la haine aiguillonne,

« N'en pouvons-nous faire un monceau ?

« Si le diable n'était pas beau,

« Il n'eût jamais tenté personne.

« Dans notre immense farandole,

« Un jour viendra s'associer

« Le monde en masse, et notre idole

« Triomphera sur le brasier :

« Ce monde, que rien n'étançonne,

« Y choiera comme un vil copeau.

« Si le diable n'était pas beau,

« Il n'eût jamais tenté personne.

« Quand sur la tache originelle

« L'eau du déluge passe en vain,

« Qu'au mal l'engeance criminelle

« Court, tiède, encor du sang divin,

« Avec la flamme on nous savonne

« Pour nous enlaidir; mais tout beau !

« Si le diable n'était pas beau,

« Il n'eût jamais tenté personne.

« A nous les belles fantaisies !

« A nous les profanes rieurs !

« A nous les faces cramoisies

« Ivres des biens extérieurs !

« A nous l'esprit-fort qui raisonne !

« D'Épicure à nous le pourceau !

« Si le diable n'était pas beau,

« Il n'eût jamais tenté personne.

8

« Chantons l'*hosanna* de l'abîme !

« Elle est à nous ! Elle est à nous !

« Embauchons cette autre victime

« A la barbe du Dieu jaloux ! — »

Et l'inextricable chaconne

Se dévide en sombre écheveau.

Si le diable n'était pas beau,

Il n'eût jamais tenté personne.

VIII

N'abandonnez pas votre mère,

Fillettes au minois moqueur !

Le plaisir, ce fruit éphémère,

Exquis au goût, gâte le cœur ;

Que de fois la bouche gloutonne

S'y rompit les dents au noyau !

Si le diable n'était pas beau,

Il n'eût jamais tenté personne.

IX

Une danse effrénée, ardente,

Inconnue aux bons villageois,

Emporte la jeune imprudente,

Et son danseur qui, dans ses doigts,

Presse sa taille et l'emprisonne,

Et la serre ainsi qu'un étau.

Si le diable n'était pas beau,

Il n'eût jamais tenté personne.

Point de trève, point de relâche !

Ses traits ruissellent de sueurs ;

Sur son œil, un autre œil s'attache,

Dardant une fauve lueur

Qui la fascine et la baillonne

Mieux que la couleuvre un oiseau.

Si le diable n'était pas beau,

Il n'eût jamais tenté personne.

Oui, sa plainte avorte et s'enroue ;

Lumière et murs, cohue enfin,

Autour d'elle font une roue

Qui tourne et retourne sans fin ;

Dans son sein le sang qui bouillonne

Monte tinter à son cerveau.

Si le diable n'était pas beau,

Il n'eût jamais tenté personne.

8*

D'un noir délire l'âme pleine,

Se détourner elle ne sait ;

Au lieu de l'amoureuse haleine

Qui dans son haleine passait,

Contre sa figure mignonne

Un souffle effaré de museau !

Si le diable n'était pas beau,

Il n'eût jamais tenté personne.

Le musicien que décourage

Leur pas toujours plus véhéments,

Pour les suivre pousse avec rage

La mesure et le mouvement ;

Toute sa verve fanfaronne

Avait fait place au vertigo.

Si le diable n'était pas beau,

Il n'eût jamais tenté personne.

Une vague odeur de bitume

Aux assistants se fait sentir ;

De l'étranger la bouche fume,

Des flammes semblent en sortir ;

Puis le couple enfin tourbillonne

Sans toucher des pieds au carreau.

Si le diable n'était pas beau,

Il n'eût jamais tenté personne.

X

A ces signes trop manifestes,

Qui n'eût reconnu Lucifer ?

Nul n'a de voix, nul n'a de gestes,

Devant le prince de l'enfer ;

L'un dans un coin se pelotonne ;

L'autre n'ose crier : haro !

Si le diable n'était pas beau,

Il n'eût jamais tenté personne.

Tandis que tout tremble et palpite,

Pour chasser l'esprit décevant,

Quelqu'un, le plus hardi, court vite

Quérir monsieur le desservant.

— Il arrive, il prie, il entonne

Le psautier avec son bedeau. —

Si le diable n'était pas beau,

Il n'eût jamais tenté personne.

A l'aspect du pieux ministre

S'arrête l'archange cruel,

La mine basse et l'air sinistre

Qu'il prend la veille de Noël ;

Il attend que le ciel ordonne,

Tel qu'un coupable à son poteau.

Si le diable n'était pas beau,

Il n'eût jamais tenté personne.

— « Par la puissance souveraine

« Que je reçus des sacrements,

« Rentre à jamais dans la géhenne,

« Pierre des mille achoppements ! »

Fit trois fois le prêtre. — On bourdonne :

« Amen, Amen, » dans le troupeau.

Si le diable n'était pas beau,

Il n'eût jamais tenté personne.

Et, dès que sa tête maudite

Du saint goupillon se mouilla,

Aux yeux de la foule interdite

Toute sa hideur s'étala ;

Le fer qui nous estramaçonne

Moins effrayant sort du fourreau.

Si le diable n'était pas beau,

Il n'eût jamais tenté personne.

Dragon de la Sainte-Écriture

Qui fut Moloch, qui fut Baal,

Les grincements de sa denture

On fait reculer tout le bal :

Pieds fourchus et barbe de faune,

Il a les cornes du taureau.

Si le diable n'était pas beau,

Il n'eût jamais tenté personne.

Ses mains sont des griffes crochues ;

Sa gueule remonte en croissant

Vers ses deux oreilles velues,

Et jusqu'à terre lui descend

Une queue horrible et bouffonne

Qu'il agite comme un fléau.

Si le diable n'était pas beau,

Il n'eût jamais tenté personne.

En faux-bourdon, Satan s'informe

D'un ton hypocrite et railleur :

— « Comment faut-il, sous quelle forme,

« Que je sorte d'ici, Seigneur ?

« Sera-ce en salpêtre qui tonne ?

« En coup de vent ? en trombe d'eau ?

Si le diable n'était pas beau,

Il n'eût jamais tenté personne.

— « En vent ! et que Dieu te confonde !

« *Vade retro !* » dit le curé.

A ces mots l'animal immonde,

Une autre fois transfiguré,

S'étend, se gonfle, se balonne :

C'est un gigantesque crapaud.

Si le diable n'était pas beau,

Il n'eût jamais tenté personne.

Il crève ! et renversant la foule,

Morne et muette de stupeur,

S'échappe, et siffle, et gronde, et roule,

Laissant une infecte vapeur ;

Son rire affreux au loin raisonne,

Et répète : « *Vade retro!* »

Si le diable n'était pas beau,

Il n'eût jamais tenté personne,

XI

Oh ! combien la frayeur redouble,
Quand chacun, encor tout transi,
Se relève, et voit qu'en ce trouble
Jeanne était disparue aussi !
L'Ante-Christ, chacun le soupçonne,
N'aura pas seul fait le très-saut.
Si le diable n'était pas beau,
Il n'eût jamais tenté personne.

Mais Jeanne était devant sa porte,

Elle entre : et que voit-elle alors ?

L'aïeule, hélas ! L'aïeule morte !

Morte sans elle, et le cou tors !

Le vieux calel de cuivre jaune

Brille debout sur l'escabeau.

Si le diable n'était pas beau,

Il n'eût jamais tenté personne.

Qui l'avait rallumé ? mystère !

Était-ce l'enfer ? ou le ciel ?

Un éclair de la foudre austère ?

Les feux du brasier éternel,

Afin que l'ingrate s'étonne

De se sentir moins qu'un roseau ?

Si le diable n'était pas beau,

Il n'eût jamais tenté personne.

Jeanne, sous l'horreur qui la navre,

Est prise d'un long tremblement

Face à face avec ce cadavre

Qui la regarde fixement ;

Quel regard ! il la questionne ;

Sa mère est son premier bourreau.

Si le diable n'était pas beau,

Il n'eût jamais tenté personne.

Elle tombe ; et jusqu'à l'aurore,

Dans un cauchemar infernal,

Son noir danseur la fit encore

Bondir en un cercle fatal.

Il l'entraîne, au doigt il lui donne

Un serpent en guise d'anneau.

Si le diable n'était pas beau,

Il n'eût jamais tenté personne.

« — Venez, dit-il, venez, madame,

« Dans mon royaume de clinquant,

« Vous aurez un voile de flamme,

« Vos colliers seront un carcan ;

« C'est dans mes États qu'on façonne

« Tout ce qui vous séduit là-haut. »

Si le diable n'était pas béau,

Il n'eût jamais tenté personne.

« C'est moi qui fais dans les ripailles

« D'un vin chanteur un vin brutal ;

« Dans le coffre des pince-mailles

« Reluisent mes yeux de métal ;

« Entre cousins j'occasionne

« Cent procès à tire-couteau. »

Si le diable n'était pas beau,

Il n'eût jamais tenté personne.

9*

« Du puissant j'endurcis l'audace,

« J'inspire ma fourbe au cafard,

« Mon envie au porte besace,

« Et ma soif du sang au soudard ;

« Ma parure sans frein pomponne

« Le péché, son frère jumeau. »

Si le diable n'était pas beau,

Il n'eût jamais tenté personne.

« Vous trouvez la pente rapide ?

« Voyez, que de fleurs sous vos pas !

« Ce lac d'un vitriol limpide

« N'est qu'un miroir pour vos appas ;

« Ce bruit joyeux qui carillonne

« Célèbre notre conjungo. — »

Si le diable n'était pas beau,

Il n'eût jamais tenté personne.

Du jour des cendres qui se lève,

Or, c'était *l'Ave Maria*

Que Jeanne écoutait dans son rêve ;

Après sur l'aïeule pria

Plus dolente et plus monotone

La cloche avec son lourd marteau.

Si le diable n'était pas beau,

Il n'eût jamais tenté personne.

Un beau gars qui l'avait aimée,

Au point d'en rester innocent,

Voyant sa fenêtre fermée

Si tard, lui chantait en passant :

« — Dodo, l'enfant, ma folichonne,

« S'endormira tantôt, dodo. — »

Si le diable n'était pas beau,

Il n'eût jamais tenté personne.

Aux brouillards de l'aube avancée

Jeanne a rouvert ses yeux sanglants;

Sa beauté s'était effacée ;

Ses longs cheveux étaient tout blancs ;

L'empreinte d'un baiser charbonne

Son front d'un effroyable sceau.

Si le diable n'était pas beau,

Il n'eût jamais tenté personne.

La chaîne d'or, qui fut sa gloire,

N'offre à son regard confondu

Qu'un chanvre rèche et dérisoire,

Bref, une corde de pendu.

Tout Saint-Chamassy mentionne

Ceci vrai comme le *Credo*.

Si le diable n'était pas beau,

Il n'eût jamais tenté personne.

Vous qui n'avez nulle vergogne
De négliger vos vieux parents,
Voyez un peu comme on se cogne
A l'enfer aux feux dévorants.
Vous dont l'âme aux faux biens s'adonne,
Songez, songez à ce cadeau.
Si le diable n'était pas beau,
Il n'eût jamais tenté personne.

Voilà donc, qu'il vous en souvienne,
Où mène la fougue des sens !
Certes, avant que ça me revienne,
Ça vous passera, jeunes gens ;
Sous votre danse polissonne
La coulpe vous creuse un caveau.
Si le diable n'était pas beau,
Il n'eût jamais tenté personne.

Au carême, il faut qu'on le dise,

Frappé d'un miracle si grand,

Chacun devint pilier d'église ;

Chacun, quarante jours durant,

Jeûna, plus maigre qu'une mone,

A faire japper le boyau.

Si le diable n'était pas beau,

Il n'eût jamais tenté personne.

Aussi, de ce bal détestable,

Quand pour absoudre les témoins

Pâques dressa sa sainte table,

Tous furent prêts, une de moins,

Une qu'en vain Pâques sermonne,

Qu'attend en vain Quasimodo.

Si le diable n'était pas beau,

Il n'eût jamais tenté personne.

XII

Passant, si par un temps de pluie,

Tu rencontrais vers Jean-de-Mai

Une vieille avec une truie,

D'un grand signe de croix armé

Plains la vieille et fuis la cochonne

Qui fouille au pied d'un baliveau.

Si le diable n'était pas beau,

Il n'eût jamais tenté personne.

XIII

Depuis cette triste aventure,

Dont la date bien loin s'enfuit,

De Jeanne on dit que la toiture

S'illumine à chaque minuit ;

A chaque minuit s'y cramponne

Et croasse un rauque corbeau.

Si le diable n'était pas beau,

Il n'eût jamais tenté personne.

Par la fenêtre, sa complice,

Chemin qu'autrefois elle a pris,

L'étranger, à son tour, se glisse

Près d'elle, à l'heure des esprits :

Un lutin moqueur la testonne,

Un autre enfle un aigre pipeau.

Si le diable n'était pas beau,

Il n'eût jamais tenté personne.

Ridée, osseuse et décrépite,

Elle implore un peu de repos ;

Mais son danseur se précipite,

Toujours ardent, toujours dispos :

« — Diablesse, harpie ou gorgone,

« Des ans ne crains point le fardeau ! »

Si le diable n'était pas beau,

Il n'eût jamais tenté personne.

10

Alors la danse recommence,

Danse plus rude qu'un combat,

Pleine d'ivresse et de démence :

Tous les scandales du sabbat !

Aux bras de Satan qui bougonne

Jeanne éclate en cris de chevreau.

Si le diable n'était pas beau,

Il n'eût jamais tenté personne.

Puis tout décroît dans ces murailles

Où, pour couronner le festin,

Comme en une nuit d'épousailles,

Coule un breuvage libertin ;

Puis un sourd ronflement détonne

Sur le poivre impur du chaudeau.

Si le diable n'était pas beau,

Il n'eût jamais tenté personne.

XIV

Depuis le soir qu'à la malheure

Elle faillit à son devoir,

Dehors ou bien dans sa demeure,

Elle regarde tout sans voir ;

En vain le coudrier drageonne,

En vain reverdit le côteau.

Si le diable n'était pas beau,

Il n'eût jamais tenté personne.

En vain tous les ans l'hirondelle
Revient fêter la Saint-Joseph ;
En vain l'octave solennelle
Quitte en chantant la haute nef ;
En vain la grappe de l'automne
Réjouit les flancs du tonneau.
Si le diable n'était pas beau,
Il n'eût jamais tenté personne.

Seulement comme un point magique
Où se retrace son malheur,
Sa vue, à la solive antique,
Suit dans un rayon de chaleur
L'araignée au guet qui harponne
La folle mouche en son réseau.
Si le diable n'était pas beau,
Il n'eût jamais tenté personne.

Depuis ce jour, la misérable

N'a plus ri, pleuré, prié Dieu,

Jamais cherché l'air secourable

Qu'on respire dans le saint lieu ;

Jamais aux pieds de la madone

Courbé sa lèvre à leur niveau.

Si le diable n'était pas beau,

Il n'eût jamais tenté personne,

Quand les dévidoirs qu'un fil tire,

Tels que moulins à vent s'en vont,

Quand des noix le fruit qu'on retire

S'entasse au plat d'étain profond,

Quand de marrons on réveillonne

Et qu'ils pètent sous le treffau,

Si le diable n'était pas beau,

Il n'eût jamais tenté personne.

10*

On assure que cette histoire

A la veillée emplit d'effroi

Jusqu'à ceux qui, dans l'auditoire,

Vingt ans furent soldats du roi,

Tant, que la bergère poltronne

Laisse aller son gentil fuseau.

Si le diable n'était pas beau,

Il n'eût jamais tenté personne.

Chacun fuit sa rencontre à cause

Du guignon, et lé salinier

Détourne son âne, et nul n'ose

Braver l'œil qui, de son grenier,

Au loin sur l'herbette moutonne,

Darde aux ouailles le claveau.

Si le diable n'était pas beau,

Il n'eût jamais tenté personne.

Le maquignon que Jeanne avise,
Le chasseur partant au matin,
Ne feront ni foire ni prise ;
Et juste au plus doux du chemin
Le charton qui jure et marronne
Viendra verser son tombereau.
Si le diable n'était pas beau,
Il n'eût jamais tenté personne.

Tous prétendent qu'elle est sorcière ;
Qu'elle erre aux carrefours des bois,
Ou sur les os du cimetière,
Et que dans l'orage parfois,
Au haut des airs, elle éperonne
Un manche à balai de bouleau.
Si le diable n'était pas beau,
Il n'eût jamais tenté personne.

10**

Par la nue où Jeanne circule
Rien n'abat son vol clandestin,
Ni les cierges bénits qu'on brûle,
Ni la Brâme de Saint-Martin
Grondant dans sa tour que blasonne
Des vieux croisés le panonceau.
Si le diable n'était pas beau,
Il n'eût jamais tenté personne.

Jean du pied-bot, dit l'Ambarèle,
Qui lit dans le *Petit-Albert,*
L'a vue ainsi faisant la grêle ;
Mais garons-nous d'un tel expert ;
Ces lignes fines qu'on griffonne
Sont souvent l'œuvre du Noireau !
Si le diable n'était pas beau,
Il n'eût jamais tenté personne.

Qu'un marmot crie on l'en menace;

On dit pour mettre le holà :

— « L'excommuniée, elle passe !

« La femme du diable, elle est là ! »

Prions, prions que sa patronne

La visite au bord du tombeau.

Si le diable n'était pas beau,

Il n'eût jamais tenté personne.

Jeanne de tous longtemps honnie

Verra luire un jour consolant,

Ce Dieu que le pécheur renie

Fait veiller son coq vigilant :

Tôt ou tard dans notre nuit sonne

Le troisième coquerico.

Si le diable n'était pas beau,

Il n'eût jamais tenté personne.

Reprends la beauté, la jeunesse,

Non la beauté de tes vingt ans,

Jeanne, qui te fit pécheresse,

Mais celle des grands pénitents :

La douleur la perfectionne,

Et le ciel même s'en prévaut.

Si le diable n'était pas beau,

Il n'eût jamais tenté personne.

XV

Pauvre sœur! qu'aucun plus ne mêle

A son nom crainte ni clameur.

Sommes-nous pas faibles comme elle?

Tous enfants du même semeur?

Les épis que l'or chaperonne

Souffrent bien l'azur du barbeau!

Si le diable n'était pas beau,

Il n'eût jamais tenté personne.

D'ailleurs tous ces vains maléfices,

Dont le fantôme nous séduit,

Du démon ne sont qu'artifices

Pour nous égarer dans la nuit.

Arrière à celui qui tamponne

La lumière sous le boisseau !

Si le diable n'était pas beau,

Il n'eût jamais tenté personne.

Type éternel d'impénitence,

Pendant qu'il court, le Juif maudit ;

Sur Jeanne, invoquons l'assistance

De l'Homme-Dieu qui se rendit

Aux yeux en pleurs de Magdelone,

Aux prières du larronneau.

Si le diable n'était pas beau,

Il n'eût jamais tenté personne.

Et dans ce cas très-exemplaire,

Si j'ai voulu vous divertir,

Si j'ai cherché trop à vous plaire,

Pas assez à vous convertir,

Sachez que le diable en personne

Se rit de tout poètereau.

Si le diable n'était pas beau,

Il n'eût jamais tenté personne.

ENVOI.

T'agréer me fut une amorce ;

Des enfers enfin revenu,

Ami, non sans plus d'une entorse,

J'ai là, près de l'esprit cornu,

Vu la critique hérissonne :

Qu'elle y reste, cher Archambeaud.

Si le diable n'était pas beau,

Il n'eût jamais tenté personne.

POUR PARAITRE PROCHAINEMENT :

DERNIERS TATONNEMENTS

PAR

J. LAFON-LABATUT.

INSOMNIES ET REGRETS

NOUVELLE ÉDITION

Par le même Auteur

Ouvrage couronné par l'Académie française.

Périgueux. — Imprimerie Charles RASTOUIL, rue Taillefer, 31.

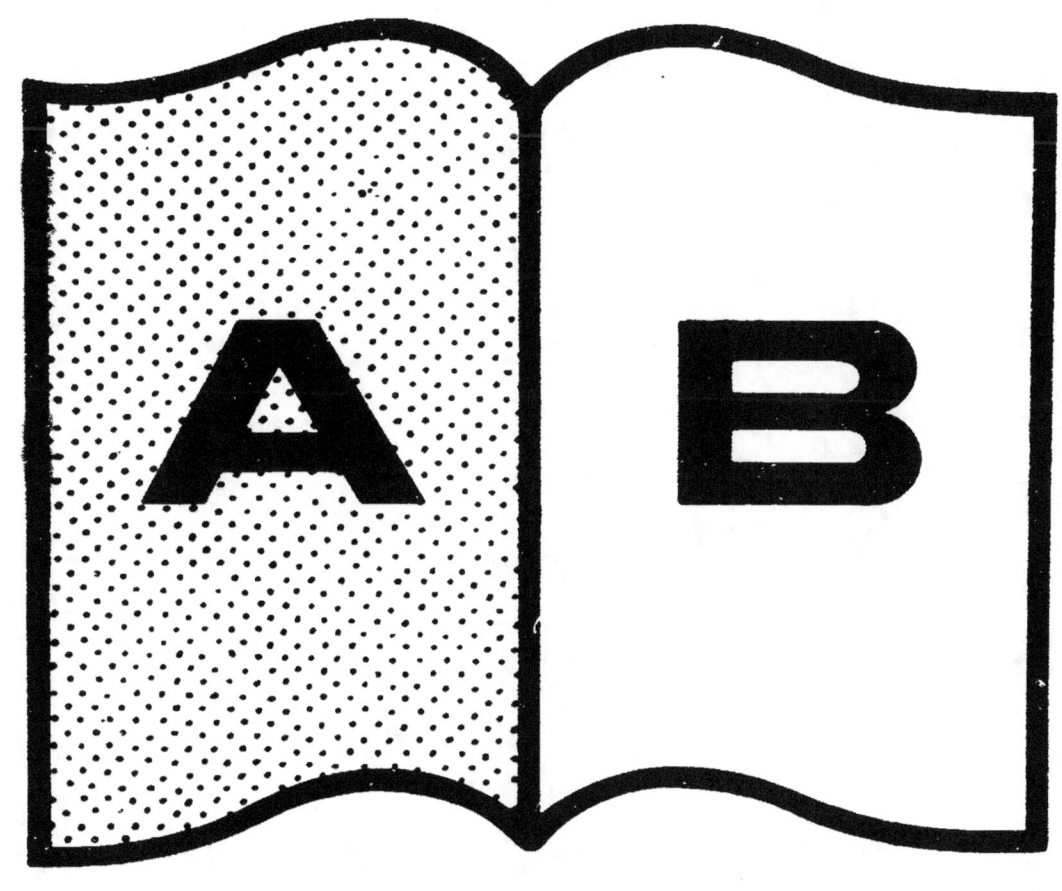

Contraste insuffisant

NF Z 43-120-14

www.ingramcontent.com/pod-product-compliance
Lightning Source LLC
Chambersburg PA
CBHW060819250626
47162CB00005B/1864